www.rily.co.uk

Cyhoeddwyd gan Rily Publications Ltd 2021

Rily Publications Ltd, Blwch Post 257, Caerffili CF83 9FL
Hawlfraint yr addasiad © Rily Publications Ltd 2021

Addasiad gan Bethan Mair

Cyhoeddwyd gyntaf yn Saesneg yn 2020 dan y teitl *The Ugly Duckling* gan
Imagine That Publishing Ltd, Tide Mill Way, Woodbridge, Suffolk, IP12 1AP.

ISBN 978-1-84967-604-5

Argraffwyd yn China

Mae'r cyhoeddwr yn cydnabod cefnogaeth ariannol Cyngor Llyfrau Cymru.

Y Cyw Hyll

Hans Christian Andersen

Georgina Wren
Lucy Barnard
Addasiad Bethan Mair

Roedd yr haf wedi dod. Dan yr awyr las, roedd y wlad yn llawn caeau o wenith aur, a'r coed yn llawn o ddail gwyrdd. I lawr yn yr hesg cuddiai hwyaden ar ei nyth yn aros i'w hwyau ddeor.

2

O'r diwedd holltodd yr wy cyntaf a daeth hwyaden fach i'r byd.
Roedd hi'n feddal, yn felyn ac yn bert iawn, iawn.

Holltodd pedwar wy arall, a daeth pedair hwyaden fach arall i'r byd, pob un yn fwy meddal, melyn a phert yn eu tro. Ond roedd un wy ar ôl – wy mawr iawn!

Y diwrnod wedyn, holltodd yr wy olaf a daeth yr hwyaden fach olaf i'r byd. Ond roedd y cyw hwn yn llwyd, yn ddiolwg ac yn llawer mwy na'r cywion eraill. 'Am gyw enfawr!' meddai Mami Hwyaden yn syn.

Gyda balchder, aeth Mami Hwyaden i ddangos ei chywion i anifeiliaid y fferm. Ond roedden nhw'n gas i'r cyw olaf. 'Mae e mor fawr a hyll!' medden nhw, gan chwerthin.

Bob dydd, byddai anifeiliaid eraill y buarth yn plagio'r cyw olaf. Roedd y ferch fyddai'n bwydo'r ieir yn gwneud hwyl am ei ben, hyd yn oed. 'Ti'n gyw mor hyll!' meddai hi.

Roedd y cyw druan wedi cael llond bol. Rhedodd i ffwrdd.

11

Draw ar y bryn, daeth y cyw olaf o
hyd i lyn tawel. 'Fe gei di aros yma
gyda ni,' meddai'r hwyaid gwyllt,
'ond rwyt ti'n hynod o hyll!'

Yn sydyn, daeth dau gi swnllyd at y llyn a chwalu'r tawelwch â'u cyfarth.

Hedfanodd yr hwyaid gwyllt i ffwrdd ar unwaith. Cuddiodd y cyw ofnus nes i'r cyfarth beidio, yna rhedodd nerth ei draed.

Wrth i'r haul fachlud, gwelodd y cyw fwthyn a sleifiodd drwy'r drws. Roedd hen wraig garedig yn byw yno gyda chath gas ac iâr gegog. 'Os wyt ti am aros yma,' heriodd yr iâr, 'rhaid i ti ddysgu dodwy wyau neu ganu grwndi.'

'Gwell i mi fynd,' meddai'r cyw. 'Dwi'n cytuno,'
meddai'r gath wrth ddylyfu'i gên a llyfu ei phawennau.

Daeth yr hydref i'r tir; trodd dail y goedwig yn oren ac aur. Roedd y cyw yn drist ac unig.

Un noson, gwelodd haid o adar hardd yn hedfan dros y pwll. 'Am adar bendigedig!' meddyliodd. 'O, petawn i ond yn gallu hedfan gyda nhw!'

Daeth y gaeaf oer i'r goedwig.
Pluai'r eira a chwythai'r gwynt
llym.

Roedd angen i'r cyw druan ddal ati i nofio ar y llyn rhag i'r dŵr rewi'n gorn.

Un bore, teimlodd y cyw
unig wres yr haul ar ei blu, a
chlywodd gân adar yn y coed.
Hwrê! Daeth diwedd ar y gaeaf.

Y diwrnod hwnnw, gwelodd y cyw dri alarch gosgeiddig ym mhen arall y llyn. Nofiodd draw i'w cyfarfod. 'Mae'n siŵr y byddan nhw'n gas i mi hefyd,' meddyliodd, 'yn union fel yr anifeiliaid eraill.'

Ond pan welodd yr elyrch y cyw, daethon nhw ato'n llawn cyffro gan siffrwd eu plu a chlegar yn llon.

'Pam dych chi ddim yn chwerthin, a minnau mor hyll?' gofynnodd y cyw. 'Hyll?' meddai un o'r elyrch. 'Dwyt ti ddim yn hyll, rwyt ti'n hardd! Edrych ar dy adlewyrchiad yn y dŵr.'

23

A beth oedd i'w weld yn y dŵr gloyw, glân?

Nid cyw llwyd, anferth, hyll ...

... ond alarch bendigedig!

2   It was summer in the country. The wheat was golden, the trees were green and the sky was bright blue. Hidden among the reeds, a duck sat on her nest, waiting for her eggs to hatch.

4   At last the first egg opened and a little duckling popped out. It was yellow, fluffy, and very, very cute.

5   Four more eggs opened, and four more little ducklings appeared, each yellower, fluffier, and cuter that the last! Finally, there was just one egg left. It was a very big egg!

6   After one more day, the final egg opened, and the last duckling popped out. He was grey, scruffy and much bigger than the other ducklings. 'What an enormous duckling!' said the mother duck in amazement.

8   The mother duck proudly took her ducklings to show the farmyard animals. But the animals were mean to the big duckling. 'He's so big and ugly!' they laughed.

10   Each day was the same, the last duckling was chased, teased and pushed by the other animals in the farmyard. Even the girl who fed the chickens teased him. 'You're such an ugly duckling!' she laughed.

11   At last the poor duckling decided to run away.

12   Up in the hills, the duckling met some wild ducks on a quiet pond. 'You can stay here with us,' said the wild ducks, 'but you are very ugly!'

13   Suddenly the peaceful pond was noisy with the sound of barking dogs.
The wild ducks flew off at once. The frightened duckling hid until the noise had stopped, and then ran away as fast as he could.

The Ugly Duckling

14   Just as the sun was setting, the duckling found a cottage and sneaked inside. A friendly old lady lived there with a mean cat and a bossy hen. 'If you want to stay here,' clucked the bossy hen, 'you'll need to learn to purr or lay eggs.'

15   'I think I should leave,' said the duckling. 'Yes, I think you probably should,' yawned the mean cat, licking his paws.

16   Autumn came and the leaves in the forest turned orange and gold. The duckling was sad and all alone.

17   One evening, he saw a flock of beautiful birds flying above the pond. 'What lovely birds!' he thought.
'I wish I could fly away with them!'

18   Winter arrived in the forest. The air grew colder and snow drifted down from the sky.

19   The poor duckling had to paddle around and around just to stop the pond from icing completely.

20   One morning, the lonely duckling felt the sun on his feathers and heard songbirds singing in the trees. Winter was finally over.

21   That day, the duckling saw three beautiful white swans on the far side of the pond. He swam over to meet them. 'I expect they'll be mean to me, just like the other animals,' he thought.

22   But when the swans saw the duckling, they rushed towards him, shaking tails and honking happily.

23   'Don't you think I'm ugly?' asked the duckling. 'Ugly?' honked one of the swans. 'You're not ugly, you're beautiful! Look at your reflection in the water.'

24   And what did he see in the clear water below?

25   He was no longer an ugly duckling …
… he was a beautiful swan!